When the Boy Was Made into a Whirlwind

Gwiiwizens gii-odabasidoosiwid

by Dr. Giniwgiizhig and Niizhobines

Illustrations by Jordan Rodgers

Long ago there was a Native boy.
When he played he did a lot of things
to his people so they would feel bad.

Mewiinzha go gii-ayaa Anishinaabe gwiiwizens.
Gaa-odaminod, anooj ogii-toodawaan
wiijanishinaaben ge-izhi-maazhendaminid.

He threw his feet and legs all over when he danced.
That's why he was called Grasshopper.
That's why they loved the boy when he skillfully danced about.

Anooj ogii-apagidaanan ozidan miinawaa okaadan gii-niimid.
Mii dash gaa-onji-izhiwiinind Bapakine.
Mii sa Anishinaabeg gaa-onji-zhawenimaawaad gwiiwizensan gii-nitaa-naaniiminid.

Grasshopper knew how to fly up and
he knew how to spin around fast when he danced.
He made people dizzy when they watched him.
That's why there are sand mounds from when
Grasshopper danced along the lake.

Bapakine gii-nitaa'ombibizo
miinawaa gii-nitaa-giizhibaabagizo gii-niimid.
Mii gii-kiiwashkweshkawaad awiiyaan ganawaabami-gowaad. Mii iwe wenji-babiikwadaawangaag
Bapakine gii-niimid imaa jiigizaaga'igan.

When Grasshopper started to become
an extremely talented dancer,
that's when he started to do any old thing.
He laughed at the animals
when he made fun of them.

Gaa-ani-apiichi-nitaa-naaniimid Bapakine,
mii eshkam anooj gii-toodang.
Ogii-paapi'aan inw awesiiyan gii-paapinenimaad.

Grasshopper used rocks to throw and hit the ducks.
The seagull watched him.

Bapakine ogii-aabaji'aan asiniisan
gii-bapakitewaad zhiizhiiban.
Gayaashkwan ogii-kanawaabamigoon.

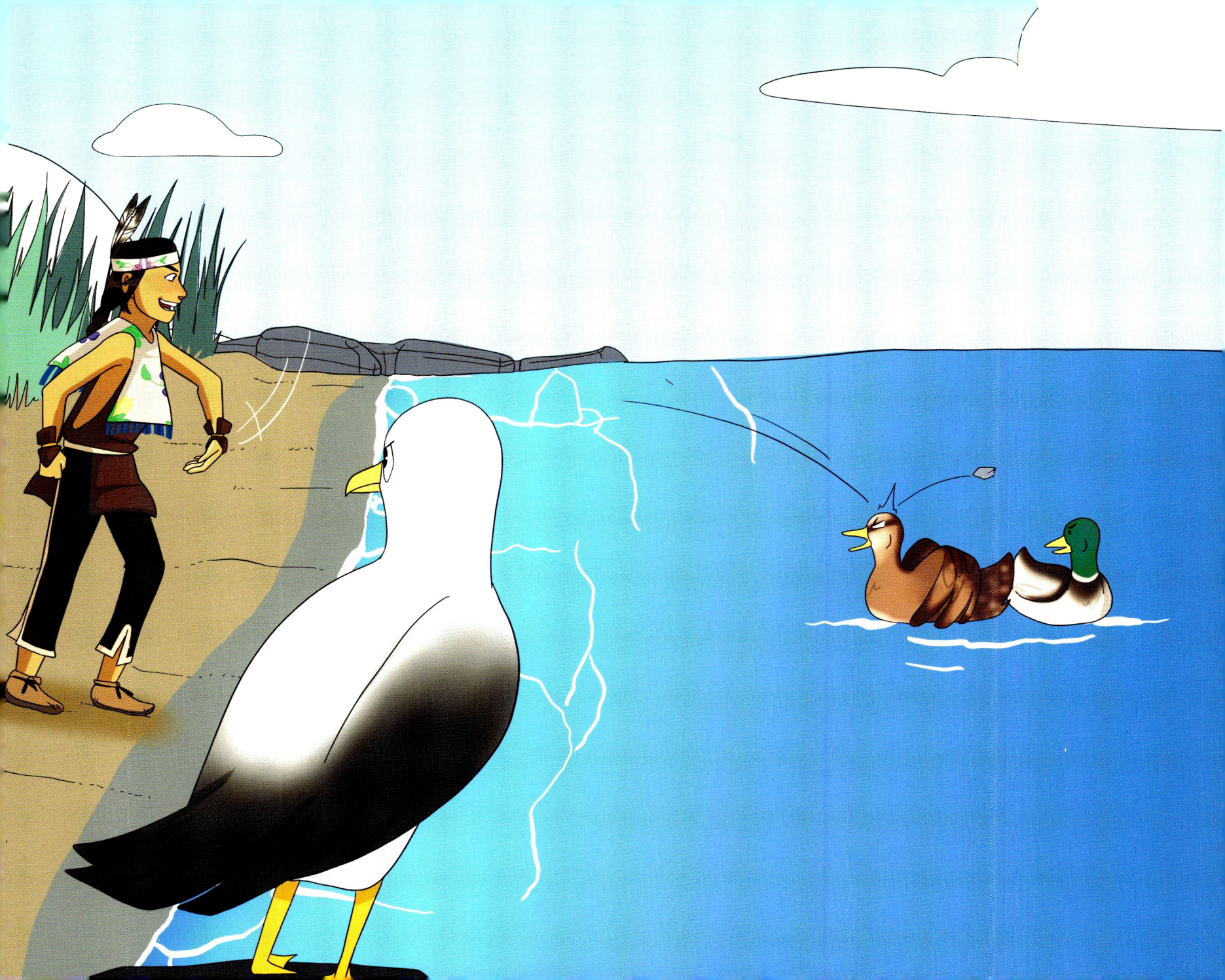

The seagull went over and saw Nenaboozhoo and told him all the bad things Grasshopper was doing when he hit the ducks and made fun of the animals.

Mii dash gayaashk gaa-wi-izhi-waabamaad Nenaboozhoon gii-omamaanaajimotawaad ezhichigenid iniw Bapakine bapakitewaad zhiizhiiban miinawaa baapinenimaad awesiiyan.

Nenaboozhoo took off and gathered
up his ducks to heal them.

Nenaboozhoo gaa-izhi-maajaad
gii-omaamiginaad ozhiizhiibimaan
wii-noojimo'aad.

Grasshopper changed himself in different ways
so they wouldn't know who he was.
He made himself small and he made himself big.

Bapakine anooj gii-izhi'idizo ji-gikenimaasiwind.
Gii-izhi'idizo ji-agaashiiwid miinawaa
gii-izhi'idizo ji-mindidod.

"Grasshopper!! I will still find you to make you pay for the bad things you are doing," said Nenaboozhoo. Grasshopper made him angry.

"Bapakine!! Booch giga-mikoon ji-diba'ige'inaan ezhi-maazhichigeyan," ikido a'awe Nenaboozhoo. Nishki'igod ini Bapakinen.

Grasshopper ran away from Nenaboozhoo
and hid in a cave and made himself into a boy again.
While he was there in the cave
it got real windy and lightning fell.

Megwaa bimiba'iwed a'awe Bapakine
gaa-izhi-biindiged imaa waazhing
gaa-izhi-inaago'idizod bizaan igo
ji-gwiiwizenziwid miinawaa.
Megwaa imaa ayaad imaa waazhing,
gaa-izhi-nooding miinawaa waasigan
gaa-izhi-bangising.

Nenaboozhoo said to Grasshopper,
"You never help anybody.
I am going make it so you help
the people night and day.
I am going to put your soul in the wind
and you will blow away the clouds.
You will set the wind down on the earth."

Nenaboozhoo ogii-inaan Bapakinen,
"Gaawiin wiika giwiidookawaasii awiiya.
Giwii-izhi'in ji-wiidookawad Anishinaabe giizhigak
miinawaa dibikak. Gichichaag niwii-izhi-bagidinaan
imaa noodinong miinawaa
giga-webaasidoon aanakwad.
Weweni giga-bagidinaan noodin imaa akiing."

Now Grasshopper barely has wind.
He is still playing with the wind though.

Mii dash noongom agaawaa Bapakine noodinowid.
Miish igo booch geyaabi odaminooked onoodinom.

Grandma asks the child
"What do you see in the whirlwind?"
The child answers, "Look! Look!
That's Grasshopper the dancer!"

Nookomis ogagwejimaan Anishinaabe-abinoojiiyan,
"Awegonen wayaabandaman gezhibaayaasing?"
Ezhi-nakwetang Anishinaabe-abinoojiin,
"Inaabin! Inaabin! Mii awe Bapakine naamid!"